딱 5분만 더 놀면 안 돼요?

초등 교과 연계

도덕 〉3-1 〉1. 소중한 나
도덕 〉4-1 〉1. 최선을 다하는 생활
수학 〉1-2 〉4. 시계 보기
수학 〉2-2 〉4. 시각과 시간
수학 〉3-1 〉5. 시간과 길이

소중한 나의 시간 알차게 보내기

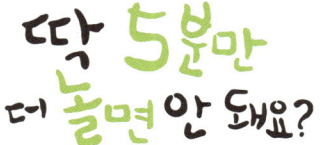

초판 7쇄 펴낸날 2022년 7월 20일

글 은희 그림 김종민 기획·편집 가수북
펴낸이 김도연 펴낸곳 키위북스 편집장 김태연 마케팅 김동호
주소 경기도 고양시 일산동구 중앙로 1079, 522호
전화 031)976-8235 팩스 0505)976-8234
전자우편 kiwibooks7@gmail.com
출판등록 2010년 2월 8일 제2010-000016호

은희 · 김종민, 2014

ISBN 979-11-85173-04-7 14300
      978-89-964831-5-1 (세트)

소중한 나의 시간 알차게 보내기

딱 5분만 더 놀면 안 돼요?

글 은희 그림 김종민

키위북스
KiwiBooks

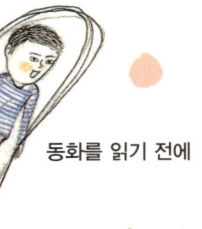

반짝반짝 빛나는 시간을 만들어요

생텍쥐페리가 쓴 《어린왕자》라는 책을 알고 있나요?
이 책에 등장하는 사막여우가 어린왕자에게 이런 말을 해요.
"소중한 건 눈에 보이지 않는 것들이야." 여러분 생각은 어때요?
저는 이 책을 쓰는 내내 "사막여우 말이 맞아! 맞아!" 하면서
맞장구를 쳤답니다.
눈에 보이지 않지만 소중한 것들은 정말 많죠?
'시간'도 그렇답니다. 물론 시계라는 도구가 시각을 알려 주지만,
시간은 만질 수도 없고 형태를 그릴 수도 없죠. 또 시간은 거꾸로
되돌릴 수도 없고, 멈추게 할 수도 없고, 은행에 저금하듯 모아
둘 수도 없어요. 그리고 사람마다 앞으로 얼마만큼의 시간이
남았는지는 아무도 몰라요. 그래서 오늘, 지금 이 순간을 소중히
여기라고 하는 거랍니다.
어른이든 아이든, 부유하든 가난하든, 누구에게나 하루는
24시간이에요. 하지만 그 시간을 얼마나 소중히 여기느냐에 따라
빛을 잃을 수도 있고, 빛이 날 수도 있어요. 그렇다면 어떻게
하는 것이 시간을 소중히 여기는 걸까요?
석희의 하루를 통해 여러분 스스로 그 답을 찾을 수 있으면
좋겠어요. 여러분의 시간이 반짝반짝하게 빛나길 바랍니다.

2014년 은희

차례

아침을 깨우는 소리 · 10

시간과 시각은 달라요 · 15

뜰까 말까 뜰까 말까 · 16

달력을 보면 시간이 보여요 · 22
누구에게나 똑같이 하루는 24시간 · 23

줄넘기 대장! · 24

잡아라! 시간 도둑 · 28
시간을 알차게, 시간 계획표 · 29

달리고 달리고 · 30

나를 바꾸는 시간 '딱 5분만' · 37

호박엿 때문이 아니야 · 38

혼자 연습한 줄넘기 · 44

1만 시간의 법칙을 아나요? · 50
정리 정돈을 하면 시간을 아낄 수 있어요 · 50

시간 만들기 · 52

중요한 일을 먼저 해야 하는 이유 · 60

아침을 깨우는 소리

일어나라! 일어나라! 울라울라! 울라울라!

아침을 알리는 알람 소리가 석희 방 구석구석으로 퍼져 나가고 있어요. 시계에 붙어 있는 짱구 인형은 손을 올렸다 내렸다 하면서 춤까지 춰요. 석희는 한쪽 눈을 겨우 뜨고 춤추는 짱구를 한 번 휙 쳐다보더니 이불을 끌어다 귀를 막고 숨어 버렸어요. 알람을 멈출 생각은 하지 않고, 되레 알람에 장단을 맞추면서요.

"일어나지 마라! 일어나지 마라! 울라울라! 울라울라!"

이불 속에서 꼼지락꼼지락해 보지만 등이 침대에 딱 붙어 버린 것 같아요. 밤사이 강력 접착제로 딱 붙여 놓은 것처럼요.

일어나라! 일어나라! 울라울라! 울라울라!

짱구 시계는 계속 석희를 깨우는데 석희 머릿속은 딴 생각으로

가득했어요.

'오늘이 학교에 가지 않는 토요일이면 좋을 텐데……. 아! 오늘이 혹시 일요일인 것은 아닐까?'

"석희야, 일어나야지."

문 밖에서 엄마 목소리가 들렸어요. 이내 문이 벌컥 열리고 엄마 목소리가 더 크게 들렸어요.

"짱구가 이렇게 열심히 깨우는데 들은 체도 안 하니? 그만 일어나. 짱구가 춤추다 쓰러지겠네."

엄마가 시계 버튼을 눌러 알람을 멈췄어요. 석희는 이불 밖으로 얼굴만 빼꼼 내밀고 우는소리를 했어요. 목에 힘을 주고서 최대한 예쁘고 귀여운 소리를 만들어서요.

"엄마~아, 5분만 더. 아니, 3분. 아니, 1분만 더요. 네?"

이렇게 애교를 부리면 엄마 기분이 좋아지거든요. 그런데 오늘은 애교가 조금 약했나 봐요.

"안 되겠는데, 할머니 불러야겠다."

석희 할머니는 석희네 집에서 가장 먼저 일어나요. 석희가 쿨쿨 자고 있는 새벽 5시에 약수터까지 운동을 다녀와요. 할머니가 약수터에서 돌아오는 소리에 엄마와 아빠가 동시에 일어나요. 아빠는 회사가 멀기 때문에 6시 조금 넘어 집에서 출발해야 하죠. 그래서 석희는 아침에 아빠 얼굴을 보기 힘들어요. 그리고 보면 참 다행이라는 생각이 들어요. 석희네 학교는 아파트 단지 바로 옆에 있거든요. 만약 아빠 회사처럼 멀리 있었다면 지금보다도 훨씬 더 일찍 일어나야 할 테니까요.

"우리 집 잠꾸러기 일어났니?"

엄마가 할머니를 부르지도 않았는데, 어떻게 알고 할머니가 석희 방으로 들어왔어요. 할머니는 석희 잠을 깨우는 데 선수예요. 할머니의 간지럼 공격은 정말 강력해요.

석희는 코에 좀 더 힘을 넣어서 말했어요.

"할머니, 딱 5분만 더. 어린이는 많이 자야 키가 쑥쑥 큰대요."

그런데 오늘 석희의 애교는 할머니한테도 영 효과가 없었어요.

"아이코, 그래? 우리 석희, 아침에 5분 더 자면 키가 얼마나 더 크려나? 자 가져와서 재 봐야겠네."

석희는 할 말이 없었어요. 키는 밤에 자는 동안 자란다는 것을 잘 알고 있거든요.

"어젯밤에도 컴퓨터 게임이 우리 석희 잠잘 시간을 또 뺏어 간 것 같은데?"

할머니는 정말 모르는 게 없어요. 어젯밤에는 게임이 너무 잘돼서 도저히 멈출 수가 없었거든요. 그래서 조금만 더 조금만 더 하다가 늦게 잤어요. 게임을 할 때는 정말 시간이 날개 달린 것처럼 후딱 지나가요. 엄마와 약속한 시간을 지키는 게 얼마나 어려운지 몰라요. 할머니 말처럼 시간을 누가 뺏어 가는 것 같아요.

　석희는 할머니가 간지럼 공격을 시작하기 전에 일어나기로 했어요. 더 이상 늑장을 부렸다가는 어젯밤에 늦게 잔 것이 들통 날 것 같았거든요. 석희는 못 이기는 척하면서 얼른 벌떡 일어나 앉았어요.

　"컴퓨터 게임은 무슨! 일어났어요! 일어났다고요!"

시간과 시각은 달라요

여러분은 몇 시에 일어나나요? 지금 몇 시인가요? 이때 여러분의 대답이 바로 '시각'이에요. 시계를 보고 몇 시 몇 분이라고 읽는 것이 바로 '시각'을 말하는 거죠. 시간은 어떤 시각과 시각 사이의 간격을 말해요. "집에서 학교까지 가는 데 30분이 걸린다.", "학원에서 2시간 수업을 한다.", "약속 시간까지 1시간 30분이 남았다." 하고 말할 때처럼 정해진 시각과 시각 사이의 길이를 말하는 것이 '시간'이랍니다.

아래 시계를 보세요. 1부터 12까지 60개의 눈금이 있고, 긴 바늘(분침)과 짧은 바늘(시침)이 있어요. 이 2개의 바늘이 가리키는 눈금의 숫자를 읽는 게 바로 시각을 말하는 거예요. 짧은 바늘이 '시'를, 긴 바늘이 '분'을 알려 줘요. 긴 바늘이 한 바퀴 도는 데 걸리는 시간을 1시간이라고 해요. 이때 1시간은 60분을 말하는 거예요. 1일, 하루는 24시간이에요. 밤12(0시)부터 낮 12시까지를 '오전', 낮 12시부터 밤 12시(0시)까지를 '오후'라고 구분해서 말해요.

▼ 8시   ▼ 9시 5분

긴 바늘이 숫자 12를 가리키고, 짧은 바늘이 숫자 8을 가리키고 있으니까 지금 시각은 '8시'예요. 시계에서 긴 바늘이 숫자 12를 가리키고 있을 때, 짧은 바늘이 가리키는 숫자에 따라 '몇 시'라고 읽어요. 짧은 바늘이 7을 가리키면 7시, 5를 가리키면 5시지요.

짧은 바늘이 9와 10 사이에 있어요. 2개의 숫자 중 작은 숫자가 '시'예요. 긴 바늘은 숫자 1을 가리켜요. 긴 바늘이 가리키는 작은 눈금 한 칸은 1분을 나타내요. 숫자 12와 1 사이에는 눈금이 5개 있어요. 그러니까 지금 시각은 '9시 5분'이에요.

뛸까 말까 뛸까 말까

학교에 가려면 횡단보도를 2개 건너야 해요. 석희는 늘 첫 번째 횡단보도를 건널 때 지윤이를 만나요. 마치 약속을 한 것처럼 말이에요. 지윤이와는 같은 유치원을 다녔어요. 초등학교에 와서 같은 반은 안 됐지만, 그래도 아침마다 학교에 같이 가는 둘도 없는 단짝이랍니다.

'지윤이가 보일 때가 됐는데……'

그런데 아무래도 오늘은 석희가 지윤이보다 늦은 모양이에요. 이불 속에서 5분만 더를 외치면서 늑장을 부린 탓이에요. 게다가 어젯밤에 책가방을 싸 놓지 않아서 더 늦었어요. 바쁠 때는 알림장도 교과서도, 실내화 주머니도 왜 그렇게 잘 안 보이는지 몰라요. 석희는 또 색종이를 찾느라 한참 고생했어요. 분명히 책상 서랍에 잘 넣어 둔 것 같은데 아무리 찾아도 보이지 않았거든요. 그런데 엉뚱하게도 색종이는 책꽂이에 꽂힌 책 틈에 끼어 있었어요. 석희는 어찌 됐든 만들기 시간 준비물을 잊지 않아서 참 다행이라 생각하고는 한숨을 돌렸어요.

"아차, 줄넘기!"

석희는 그제야 깨달았어요. 색종이 찾는 데 너무 집중한 나머지, 체육 시간 준비물인 줄넘기를 깜빡한 것을 말이에요. 그 순간 엄마 얼굴이 떠올랐어요.

"석희야, 엄마가 준비물은 알림장 보고 미리미리 챙기라고 했잖니."

엄마의 잔소리가 들리는 것 같았어요.

'그냥 학교에 갈까? 그럼 체육 시간에 어떻게 하지?'

석희는 학교로 갈까 집으로 갈까 망설이다 결국 집을 향해 뛰기 시작했어요. 엄마가 줄넘기가

없어서 체육 시간에 우두커니 있었다는 것을 알면 화를 낼 것 같았거든요.

'그래도 학교에 가기 전에 생각나서 천만다행이야.'

더 빨리 달리려고 출렁거리는 가방 어깨 끈을 양손으로 꼭 붙들었어요. 마침 아파트 현관문이 열려 있어서 멈추지 않고 뛸 수 있었어요. 하지만 엘리베이터 앞에서는 멈춰 서야 했어요. 간발의 차로 엘리베이터 문이 닫혔지 뭐예요.

"1, 2, 3 ······."

발은 멈춰 섰지만 석희의 눈과 입은 엘리베이터가 올라가는 층수 표시를 따라 달리고 있었어요. 엘리베이터가 그만 멈췄다가 빨리 1층으로 내려왔으면 좋겠다고 바라면서요.

"17, 18, 19······."

엘리베이터는 7층, 13층에서 멈췄는데 내려오지 않았어요. 석희네 집이 있는 17층을 지나서도 한참을 올라갔어요.

석희는 엘리베이터 버튼에서 손을 떼지 못하고 이미 누른 버튼을 누르고 또 눌렀어요. 오늘따라 엘리베이터가 너무 천천히 움직이는 것 같았어요.

'아니, 우리 집은 왜 하필 17층이야? 2층이나 3층이면 벌써 뛰어갔을 텐데.'

엘리베이터가 빨리 내려오지 않으니까 괜히 집이 높은 층인 것도 짜증이 났어요.

'참! 줄넘기가 어디에 있더라? 신발장에 넣어 뒀나? 자전거에 걸어 뒀었나?'

석희는 머릿속으로 줄넘기가 있을 만한 곳을 떠올리기 시작했어요. 신발장, 베란다, 자전거, 책상, 빨래 건조대. 그런데 집안 이곳저곳으로 아무리 생각을 옮겨 봐도 줄넘기를 둔 곳이 기억나지 않았어요. 시간한테 쫓기니 생각이 정리되기는커녕 뒤죽박죽 엉키는 것 같았어요.

그때였어요. 팔에 대롱대롱 매달려 있는 실내화 주머니가 눈에 들어왔어요. 석희는 재빨리 실내화 주머니를 열어 보았어요. 실내화를 꺼내니 그 밑으로 구불구불한 줄넘기가 얼굴을 내밀었어요. 줄넘기가 석희를 향해 얄밉게 말하는 것 같았어요.

"석희야, 나 찾았니? 나 여기 있지롱."

달력을 보면 시간이 보여요

시계는 우리에게 시각을 알려 주죠? 달력도 우리에게 시간을 알려 준답니다. 달력을 보면서 알아볼까요?

	3					
SUN	MON	TUE	WED	THU	FRI	SAT
						1 삼일절
2	3	4	5	6	7	8
9	10	11	12	13	14	15
16	17	18	19	20	21	22
23 30	24	25	26	27	28	29

오늘은 2014년 3월 20일 목요일 석희의 생일이에요. 작년 2013년에는 일곱 살이었고, 내년 2015년에는 아홉 살이 돼요. 석희는 지난 주 13일부터 마음이 들떴어요. 이번 주에는 생일 선물이 뭘까 하고 날마다 궁금했어요. 오늘은 롤러스케이트를 선물로 받아서 무척 기뻤어요. 그런데 좋은 선물을 받으니 고민이 생겼어요. 일주일 후인 27일이 엄마 생신이거든요. 석희는 엄마가 무슨 선물을 받으면 기뻐하실까 생각하기 시작했어요. 그러다 갑자기 지난 삼일절 공휴일에 놀이공원에 가자고 떼를 썼던 것이 떠올랐어요. 엄마는 그날 회사 일 때문에 출근해야 해서 놀이공원에 갈 수 없었는데도 말이에요. 석희는 엄마한테 그때 죄송했다고 사과하고 사랑하는 마음을 담아 편지를 쓰기로 했어요.

엄마, 제가 지난 삼일절에 떼를 썼던 거 너무 죄송해요. 하지만 엄마 제 마음 잘 알고 있죠? 석희는 하루 24시간, 1년 12개월, 365일, 월화수목금토일 일주일 내내, 내일 모레 글피 그글피도 엄마를 사랑하고 또 사랑해요!

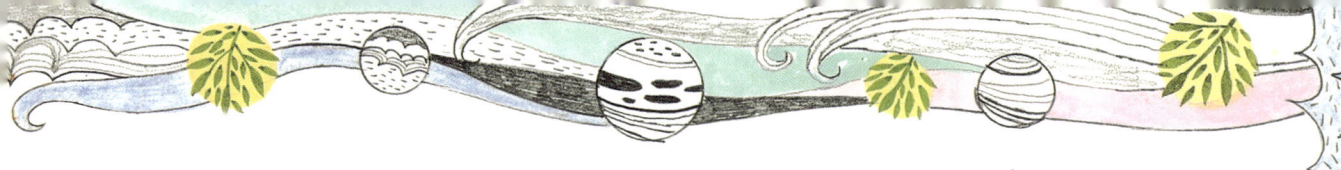

누구에게나 똑같이 하루는 24시간

'시간은 금이다'라는 말을 들어 본 적 있나요? 그만큼 시간이 귀하고 값지다는 뜻이에요. 그렇다면 부자에게는 시간이 더 많을까요? 돈이나 금처럼 값진 것을 많이 가진 사람이 부자이니까요. 물론 그렇지 않답니다. 하루는 24시간이에요. 세상 누구에게나 똑같이 하루는 24시간이지요. 하지만 이 시간을 어떻게 쓰느냐에 따라 어떤 사람한테는 시간이 금이 될 수 있고, 또 어떤 사람한테는 아무것도 아닌 것이 될 수 있어요. 시간을 정말 눈에 보이는 금이라고 생각해 보세요. 아마도 시간을 그냥 흘려보내지는 않을 거예요. 너무 아까울 테니까요.

자, 그렇다면 오늘 하루를 돌아볼까요?

 (자기 이름 쓰기   )(은)는 오늘 하루 시간을 '금' 처럼 사용했나요?
아니면 '아무것도 아닌 것'으로 써 버렸나요?

어떻게 써야 시간이 금이 되는지 모르겠다고요? 필요한 일에 시간을 더 쓰고, 낭비하는 시간을 줄이면 돼요. 먼저 오늘 한 일들을 죽 적고 시간이 얼마나 걸렸는지 기록해 보세요. 그리고 어떤 일을 할 때 괜히 시간을 너무 오래 끌었다 싶은 생각이 들면 그 시간을 줄여 보세요. 또 시간이 부족하다 싶으면 늘리면 돼요. 좋아하거나 재미있는 일을 할 때는 시간이 더 빨리 흐르는 것처럼 느껴지기 때문에 주의해야 해요. 만약 그 일이 단순히 게임을 하거나 텔레비전을 보는 것이라면 시간을 낭비하는 것이기 때문이에요.

 그럼 (자기 이름 쓰기   )(이)가 시간을 어떻게 사용하고 있는지 살펴볼까요?

하는 일	걸리는 시간		하는 일	걸리는 시간
등교	( )시간 ( )분		책 읽기	( )시간 ( )분
하교	( )시간 ( )분		텔레비전 보기	( )시간 ( )분
숙제	( )시간 ( )분		컴퓨터 사용	( )시간 ( )분
학원 수업	( )시간 ( )분		밥 또는 간식 먹기	( )시간 ( )분
게임	( )시간 ( )분		잠자기	( )시간 ( )분

 # 줄넘기 대장!

석희는 다행히 지각을 하지는 않았어요. 하지만 줄넘기가 실내화 주머니에 있는 줄도 모르고 한바탕 소동을 벌인 것을 생각하면 얼굴이 달아올랐어요. 창피해서 아무한테도 말하지 말아야겠다고 다짐했어요.

그런데 줄넘기 때문에 기운이 쏙 빠졌던 석희는 줄넘기 덕분에 다시 기운을 얻었어요. 체육 시간에 줄넘기 오래 하기 대결을 했는데 1등을 했거든요. 석희는 저녁에 아빠랑 달리기를 할 때 자랑할 생각에 히죽히죽 웃음이 나왔어요.

요즘 엄마는 아빠 배가 올챙이배처럼 뽈록 나왔다고 하면서 저녁밥을 먹고 나면 운동하라고 아빠를 내보내요. 그러면 아빠는 혼자서는 심심하다면서 석희를 꼭 데리고 나가요. 점프를 많이 하고 달리기를 많이 해야 키가 쑥쑥 자란다는 말을 잊지 않고 하면서요. 아빠는 농구도 잘하고 자전거도 잘 타고 달리기도 엄청 잘해요. 그래서 아빠는 만날 석희한테 자랑하기 바빠요. 그런데 석희에게도 기회가 생긴 거예요. 오늘 저녁에는 아빠랑 줄넘기 대결을 해서 반드시 아빠 코를 납작하게 만들 거예요.

"석희야!"

놀이터를 지나는데 지윤이가 불렀어요. 지윤이는 줄넘기를 하고 있었어요.

"아침에 무슨 일 있었어? 너 한참 기다리다가 하마터면 나 지각할 뻔했어."

지윤이가 따지듯이 물었어요. 기다려 달라고 한 것도 아니고 만나기로 약속한 것도 아닌데 지윤이는 석희를 기다렸나 봐요.

"아, 나 기다렸구나. 사실은……."

석희는 손으로 입을 막았어요. 아무한테도 말하지 않기로 다짐했던 일을 지윤이한테 말할 뻔했어요. 석희는 얼른 지윤이 손에 들려 있는 줄넘기를 뺏어 들고는 말했어요.

"줄넘기 연습하고 있었어? 우리 반은 오늘 체육 시간에 했는데."

석희는 지윤이한테 줄넘기 오래 하기에서 1등 했다는 말은 하지 않았어요. 지윤이가 너무 잘난 체한다고 생각하면 곤란하니까요.

대신 줄넘기 실력을 직접 보여 줬어요. 석희가 줄넘기를 하는 바람에 지윤이도 더 이상 아침 일에 대해서 묻지 않았어요.

"와, 너 정말 잘한다. 난 자꾸 발에 걸리던데."

지윤이가 칭찬하자 석희는 가방을 벗고 실내화 주머니에서 줄넘기를 꺼내 본격적으로 실력을 뽐내기 시작했어요.

"지윤아, 줄을 너무 빨리 돌리면 발에 걸려. 조금 천천히 돌리고 점프를 약간 높게 해 봐."

석희는 중간중간 멈춰서 지윤이한테 설명도 해 줬어요. 마치 체육 선생님이라도 된 듯 자세하고 친절하게 말이에요.

"어? 정말, 네가 가르쳐 준 대로 하니까 잘되네."

칭찬을 들으니까 기분이 좋아져서 지윤이가 좀 더 잘할 수 있을 때까지 도와주고 싶었어요. 태권도 학원 차가 오려면 아직 1시간이나 남았으니까요.

잡아라! 시간 도둑

놀다 보면 하루가 후딱 가서 어느새 잠잘 시간이 되곤 해요. 혹여 숙제를 미처 마치지 못했다면, 내일 준비물을 챙기지 못했다면 다급한 마음에 짜증이 나지요. 쏜살같이 빠른 시간, 누가 나의 시간을 몰래 뺏어 가기라도 한 것 같아요. 맞아요. 바로 우리 마음속에 있는 시간 도둑의 짓에요. 우리 시간 도둑을 따끔하게 혼내 줄까요?

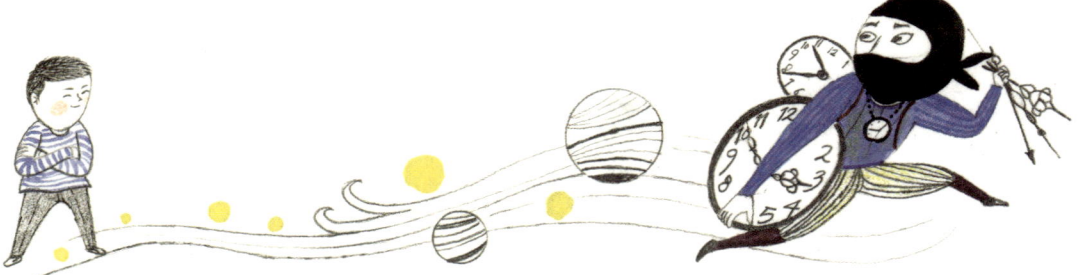

- **컴퓨터 게임 할 때**

  시간 도둑 : 헤헤. 재미있지? 한 단계 레벨을 올릴 때까지 멈추지 말고 해!

  (자기 이름 쓰기) : 벌써 밤 11시야. 너무 늦게 자면 내일 아침에 늦잠 잔다고. 이제 그만!

- **텔레비전 볼 때**

  시간 도둑 : 숙제는 만화영화 보고 나서 해도 늦지 않아.

  (자기 이름 쓰기) : 숙제를 하고 나면 텔레비전을 좀 더 편하게 볼 수 있어.

- **휴대전화에 빠져 있을 때**

  시간 도둑 : 오늘 딱 하루, 약속 안 지켜도 괜찮지 않을까?

  (자기 이름 쓰기) : 저녁 먹고 30분만 스마트폰 게임하기로 약속했어. 난 약속을 잘 지키는 아이야.

- **학용품과 책 정리를 하기 싫을 때**

  시간 도둑 : 나중에 한꺼번에 정리하면 되지 뭐.

  (자기 이름 쓰기) : 그때그때 제자리에 둬야 필요할 때 쉽고 빠르게 찾을 수 있어.

- **놀이터에서 계속 놀고 싶을 때**

  시간 도둑 : 조금 더 놀아도 괜찮아. 빨리 뛰어 가면 늦지 않을 거야.

  (자기 이름 쓰기) : 약속 시간에 늦는 것은 다른 사람의 시간을 뺏는 거야. 조금 서둘러서 미리 도착해야 오히려 마음 편해.

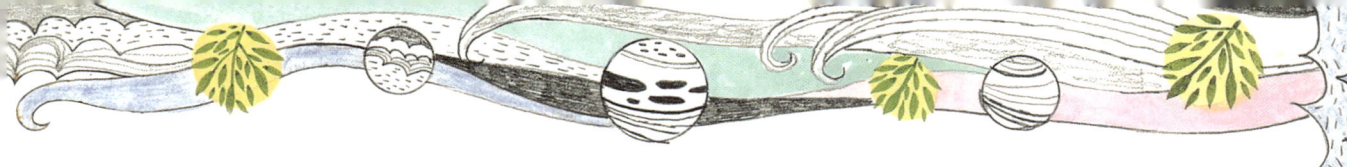

시간을 알차게, 시간 계획표

시간 계획표란 이름 그대로 시간을 어떻게 사용하겠다는 계획을 한눈에 알아볼 수 있도록 표로 그린 것을 말해요. 하루뿐만 아니라, 일주일, 한 달, 일 년 등 기간에 따라 다양한 시간 계획표를 만들 수 있어요. 시간 계획표는 시간을 낭비하는 것을 막고, 해야 할 일을 미루지 않게 하고, 내가 하고 싶은 일을 제때 잘 마무리할 수 있도록 도와줘요.

내가 하고 싶은 일, 내가 꼭 해야 할 일을 '목표'라고 해요. 목표가 있는 사람은 없는 사람보다 시간을 더 소중히 사용하게 된답니다. 여러분도 목표를 이루기 위해 하루, 일주일, 한 달 계획을 세워 보세요. 너무 큰 욕심을 내서 어려운 목표를 정하지 않도록 주의하세요. 근사하고 멋진 목표를 자랑하려고 계획을 세우는 게 아니거든요. 내가 세운 목표를 잘 실천했는지, 실천하지 못했다면 그 이유가 무엇인지 아는 것이 정말 중요하답니다. 혼자 하기 어렵다면 선생님이나 부모님에게 도와달라고 말해 보세요.

시간 계획표 만들 때는 이렇게

- 지킬 수 있는 것을 목표로 정하세요.
- 휴식 시간을 반드시 넣으세요.
- 시간을 나눠 계획을 세우지 말고, 해야 할 일 중심으로 계획을 세우는 게 좋아요. 예를 들어 '저녁 7시부터 8시까지 1시간 동안 책을 읽겠다' 대신 '하루에 책 한 권을 읽겠다'와 같이 계획을 세워 보세요.
- 계획표에 결과를 표시하세요. 실천을 했는지 못 했는지 표시하고, 실천 못 한 것이 너무 많으면 계획을 다시 세워 보세요.

석희의 하루 계획표

오늘의 할 일	실천 결과
학습지 10페이지 풀기	△ 2페이지 못 풀었음. 어려울 때는 하루에 8페이지만 풀자.
책 《해결책을 찾아라!》 읽기	△ 내일 마저 읽어야지.
게임 딱 30분만 하기	× 게임하느라 책을 다 못 읽었다. 정한 시간 꼭 지켜야지.
피아노 30분 연습하기	○ 내일은 다른 곡을 연습할 거야.

달리고 달리고

처음에 지윤이는 한두 번 뛰면 발이 줄에 걸렸어요. 그런데 석희랑 줄넘기를 같이 하면서 제법 횟수가 늘었어요.

"지윤이가 좋은 선생님을 만났구나. 이제 잘하네?"

지윤이를 찾으러 나온 지윤이 엄마도 석희에게 칭찬을 아끼지 않았어요.

"응, 석희가 잘 가르쳐 줬어. 엄마, 석희 정말 줄넘기 잘해."

석희는 지윤이한테 인정받은 것 같아 기뻤어요.

"석희야, 이제 그만하자. 잠깐 기다릴래?"

"왜?"

"너한테 줄 게 있어서 그래."

석희는 지윤이가 갖다 주려는 게 무엇인지 몰라도 은근히 기대가 되었어요. 태권도 학원 차가 올 시간이 얼마 남지 않았지만 궁금해서 참을 수가 없었어요.

"그럼 빨리 와야 해."

"알았어. 5분이면 돼."

지윤이는 석희네 바로 옆 동에 살아요. 정말 5분이면 다녀올 수 있는 거리예요. 석희는 지윤이네 동 입구에서 기다렸는데, 어찌 된 일인지 지윤이는 한참이 지나도 나오지 않았어요.

'도대체 뭘 주려고 그러지? 빨리 와야 하는데.'

석희는 태권도 학원 차를 놓칠까 봐 조마조마했어요.

"석희야, 미안 미안! 많이 기다렸지? 민지가 전화로 숙제를 물어봐서 알려 주고 오느라 늦었어."

지윤이가 헐레벌떡 뛰어오더니 숨을 몰아쉬고는 검은색 비닐봉지를 내밀면서 말했어요.

"이거, 할머니 갖다 드려. 울릉도 호박엿이야. 아빠가 지난주에 울릉도에 출장 다녀오시면서 사 온 건데 무지 맛있어."

"호박엿이라고?"

석희는 도대체 뭐라고 말해야 할지 몰랐어요. 잔뜩 기대하고 있었는데 호박엿이라니요. 5분이면 된다고 하고 한참 기다리게 해 놓고는 호박엿이라니요.

"휴, 이건 나중에 줘도 좋았을 텐데. 나 늦어서 간다."

석희의 입에서 저도 모르게 볼멘소리가 나왔어요. 석희는 인상을 잔뜩 찌푸리며 서둘러 놀이터를 빠져 나왔어요.

"석희야!"

지윤이가 부르는 소리도 못 들은 척하면서요.

"할머니! 이거 지윤이가 할머니 드리래요."

석희는 울릉도 호박엿이 담긴 비닐봉지를 식탁에 던지듯 놓으면서 외쳤어요. 가방도 침대 위에 휙 던지고서 도복으로 재빨리 갈아입었어요.

"석희야, 이게 뭐라고?"

할머니가 비닐봉지를 들고 와서 물었어요.

"호박엿. 지윤이가 줬어요. 바빠요, 바빠. 늦었어요."

석희는 대답을 하는 둥 마는 둥 하고 운동화도 제대로 신지 않고 집을 나왔어요. 엘리베이터 안에서 운동화 끈을 단단히 매면서 석희는 만반의 준비를 했어요. 엘리베이터 문이 열리는 순간 전속력으로 달릴 준비를 말이에요.

하지만 태권도 학원 차는 최선을 다해 달리는 석희에게 꽁지를 보이면서 달아났어요.

"잠깐만요!"

손을 힘껏 흔들면서 뒤쫓아 뛰었지만 소용없었어요. 오늘은 정말 석희가 달리기를 원 없이 하는 날이에요. 어쩔 수 없이 태권도 학원까지 또 뛰었어요. 그런데 달리다 보니 더 속이 상했어요.

'이게 다 지윤이 때문이야. 지윤이가 그 호박엿인가 뭔가 준다고 한참 기다리게 해서 늦었잖아. 5분이면 된다고 하고서.'

자꾸자꾸 생각하니 자꾸자꾸 더 약이 올랐어요.

"석희가 오늘은 지각이구나."

태권도 학원 차를 운전하는 할아버지가 학원 입구에서 석희를 보고서 반갑게 인사했어요. 하지만 석희는 아무 일 없는 것처럼 할아버지한테 인사할 수 없었어요.

'안녕하세요, 할아버지. 그런데 할아버지께서 조금만 기다려 주셨다면 제가 지각하지 않았을 거라는 거 모르시죠?'

마음속으로 이렇게 투덜거리면서 계단을 뛰어 올라갔어요.

나를 바꾸는 시간 '딱 5분만'

"엄마, 딱 5분만 더 놀면 안 돼요?", "딱 5분만 더 자면 안 돼요?", "딱 5분만 텔레비전 더 보면 안 돼요?" 혹시 이렇게 '딱 5분만'을 입에 달고 있지는 않나요? 하지만 이 5분의 유혹은 전혀 달콤하지 않은 일들로 되돌아오곤 합니다. 5초 차이로 학원 차를 놓치거나, 잠을 더 잔 5분만큼 지각하지 않기 위해 숨이 차도록 달리거나, 50분 동안 엄마에게 꾸중을 듣거나, 5일 동안 텔레비전을 볼 수 없는 벌을 받기도 하지요.

정말 딱 5분이면 되는데 왜 그러는지 모르겠다고요?

당장의 5분은 별것 아닐 수 있지만, 5분이 매일 쌓인다면 결코 짧은 시간이 아니기 때문이에요. 우리가 별것 아니라 여기고 흘려보내는 짧은 시간을 '자투리 시간'이라고 해요. 사회적으로 큰 성공을 이루거나 훌륭한 업적을 남긴 사람들은 대부분 잠깐이라도 짬이 나면 자신에게 의미 있는 일을 했다고 해요. 책을 펼쳐 읽거나, 메모지를 꺼내 좋은 아이디어를 기록하거나, 중요한 일에 집중하기 위해 몸과 마음을 편히 할 수 있도록 휴식을 취하는 등 말이에요. 자투리 시간이 날 때마다 계속 해서 의미 있는 일을 한 것이 성공하는 데 밑거름이 되었다고 입을 모아 말하죠. 해야 할 일을 미루고 당장 재밌기만 한 일을 '딱 5분만' 더 하는 것과는 분명 차이가 있겠죠?

그렇다고 게임을 하거나 노는 시간을 몽땅 없애라는 건 아니에요. '조금만 더' 하고 싶은 유혹을 뿌리치고, 계획하고 약속한 시간을 지키면서 '딱 5분만'이라는 말을 줄여 보세요. 그리고 오늘부터 자투리 시간을 찾아서 '딱 5분만' 의미 있는 일을 해 보는 건 어떨까요?

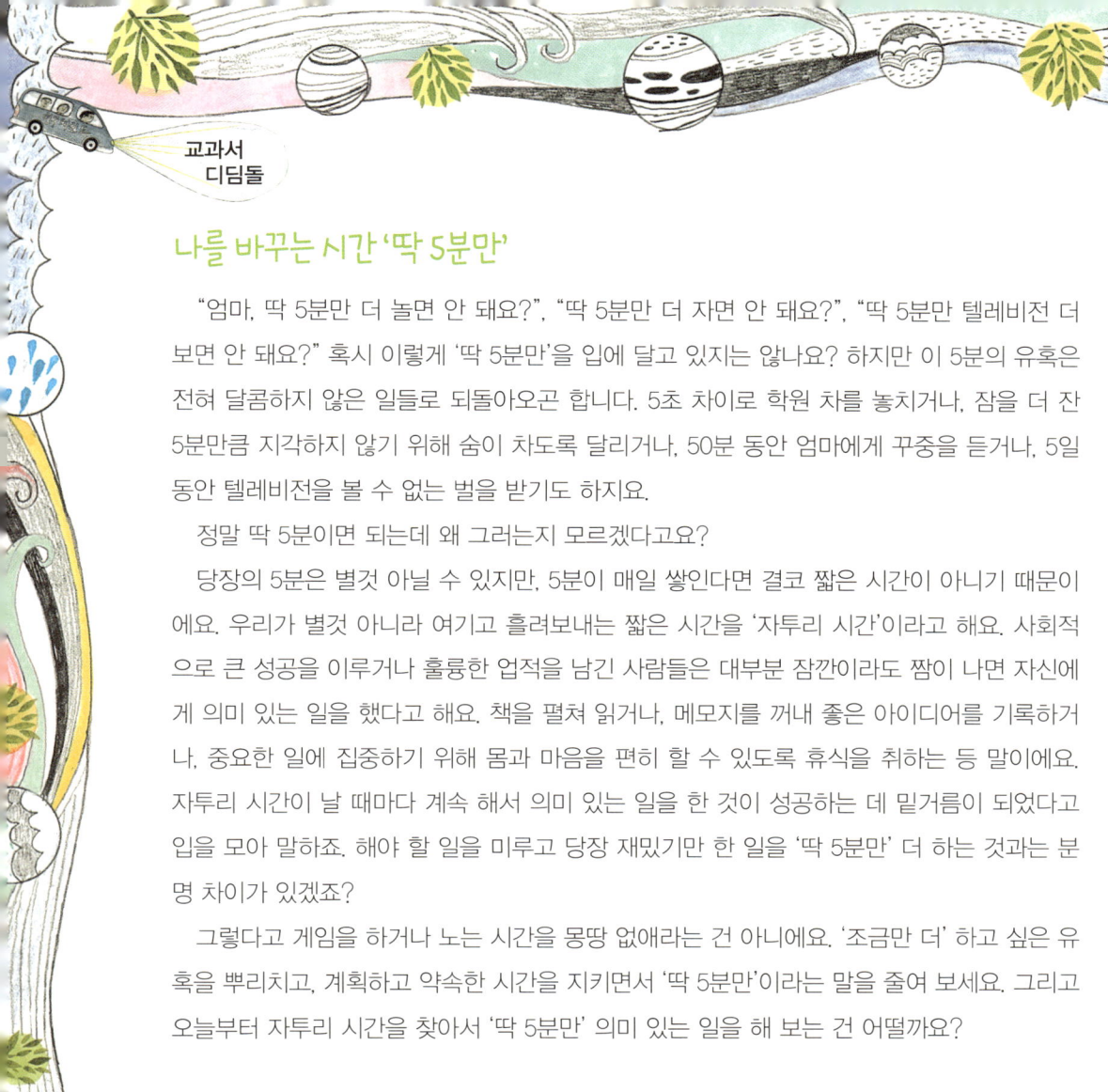

나의 하루에 숨겨진 자투리 시간을 찾아볼까요?
- 아침밥 먹고 학교 가기 전 남는 시간
- 수업 시작하기 직전
- 간식 먹고 나서 학원 차 기다리는 동안
- 저녁 샤워 마치고 나서 자기 전 시간
-
-

자투리 시간에 무엇을 하고 싶나요?
- 책 읽기
- 스도쿠
- 스트레칭
- 글씨 연습
-
-
-

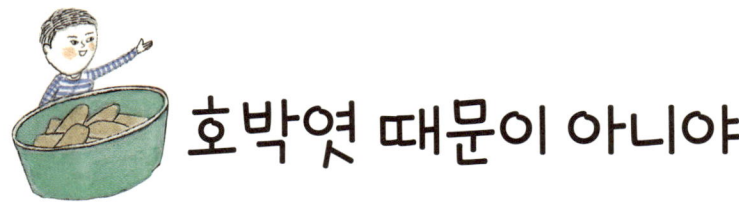

호박엿 때문이 아니야

"석희야, 지윤이가 준 이 호박엿 정말 맛있더구나. 입안에서 아주 살살 녹아."

할머니가 호박엿 하나를 석희에게 건네면서 먹어 보라는 눈빛을 보냈어요.

"난 안 먹을래요."

석희는 호박엿이 보기도 싫었어요. 호박엿 기다리다가 태권도 학원 차를 놓쳤고, 결국 지각해서 관장님께 꾸중을 들었으니까요.

"우리 이쁜이 말이 왜 이렇게 뾰족뾰족할까? 그러고 보니 태권도 학원 다녀와서는 내내 입이 삐죽 나와 있는 것 같네?"

할머니는 정말 모르는 게 없어요. 언제나 심술 난 석희 마음을 가장 먼저 읽어 줘요.

"호박엿 때문에 태권도 학원 차 놓쳤단 말이에요. 아주 조금 늦었는데 할아버지께서 기다려 주지 않고 그냥 씽 가 버리셨어요."

"아이고 저런, 할아버지가 좀 기다려 주시지 왜 그러셨을까?"

역시 할머니는 언제나 석희 편이에요.

"그러니까요. 사나이끼리 의리가 있지, 저랑 할아버지랑 무지 친하거든요. 그런데도 그냥 가 버렸다고요."

할머니의 맞장구에 석희는 목소리를 조금 더 키웠어요.

"그런데 석희야, 왜 호박엿 때문에 태권도 학원 차를 놓쳤다고 하는 거야?"

저녁을 준비하던 엄마가 호박엿 하나를 입에 넣으며 물었어요.

"아, 지윤이랑 놀이터에서 줄넘기 했어. 내가 지윤이한테 줄넘기를 가르쳐 줬거든."

석희는 체육 시간에 줄넘기 오래 하기에서 1등 했다는 말은 일단 꾹 참고 하지 않았어요. 지금은 호박엿 때문에 얼마나 억울했는지 알릴 때니까요.

"그런데 지윤이가 줄 게 있다고 5분만 기다리라고 하는 거야. 그래 놓고 아주 한참 있다가 이 호박엿을 가지고 나온 거야. 할머니 갖다 드리라면서. 지윤이 아빠가 울릉도 출장 갔다 사 오신 거래."

다 말하고 나니 속이 후련했어요.

"우리 석희가 지윤이 줄넘기 선생님이 돼 주었구나."

엄마가 석희 옆으로 바짝 다가앉더니 팔짱을 끼었어요. 뭔가 중요한 이야기를 할 때 엄마는 늘 팔짱을 껴요. 아빠한테 그러는 것처럼요.

"응, 지윤이가 처음에는 한두 번밖에 못 넘었거든. 그런데 내가 가르쳐 주고 나서는 열다섯 번도 넘게 넘었어."

석희가 조금 뽐을 내며 말했어요.

"그래? 그럼, 지윤이가 석희한테 무지 고마웠겠다."

"뭘, 그 정도 가지고."

"우리 아들, 겸손하기까지 하네? 그런데 석희야, 지윤이가 고마운 석희를 일부러 기다리게 한 걸까? 또 석희가 태권도 학원 차를 놓치게 하고 싶었을까?"

지윤이는 정말 친절해요. 절대 그런 식으로 석희를 골탕 먹일 친구가 아니에요.

"아니, 지윤이가 그럴 리 없지."

석희는 손까지 내저었어요.

"그렇다면 지윤이가 석희한테 그렇게 급한 일이 있는지 몰랐나 보다. 알았다면 석희를 기다리게 하지 않고 호박엿을 나중에 주었을 텐데. 그러지 않았을까?"

그러고 보니 석희는 지윤이한테 그냥 빨리 다녀오라고 했어요. 조금 있으면 태권도 학원 차가 올 거라는 말은 하지 않았어요.

"난 지윤이가 5분이면 된다고 해서 말을 하지 않았지……."

석희는 지윤이한테 고맙다는 말도 안 하고 뛰어온 것이 미안해졌어요.

"엄마가 약속한 시간을 지키려면 미리미리 준비해야 한다고 했지? 석희가 지윤이한테 태권도 학원 차가 올 시간이 조금밖에 남지 않았다고 말했다면 좋았을 것 같아."

엄마가 석희 어깨를 꼬옥 감싸 안았어요.

"우리 이쁜이, 태권도 학원 차 운전하시는 그 할아버지가 아직도 의리가 없는 것 같으냐?"

엄마와 석희의 이야기를 가만 듣고 있던 할머니가 물었어요.

"아니요. 할아버지는 다른 친구들과 한 약속 시간을 지켜야 했으니까요. 만약 저를 기다리셨다면 약속 시간을 잘 지킨 친구들까지 지각했을 거예요."

석희는 약속한 시간을 지키지 않고서 할아버지 탓을 하고 원망한 것이 너무 부끄러웠어요.

"하마터면 친구들이 모두 우리 이쁜이를 미워할 뻔했구나."

할머니 말을 들으니 석희는 정신이 번쩍 들었어요.

"할머니, 울릉도 호박엿 정말 맛있어요? 내일 할아버지께도 갖다 드려야겠어요."

혼자 연습한 줄넘기

요즘 날씨는 아빠랑 저녁 먹고 달리기 딱 좋아요. 강에서 불어오는 바람이 얼마나 시원한지 몰라요. 얼마 전까지는 해가 지고 나서도 땅이 뜨끈뜨끈할 정도로 더웠는데 말이에요.

"아들, 아빠 배 좀 들어간 것 같지 않냐? 그치? 그치?"

아빠가 양손으로 배를 툭툭 치더니 멈춰 섰어요.

"글쎄, 올챙이배 그대로인 것 같은데."

"뭐? 잘 봐. 어디가 그래? 쏙 들어가서 평평하구먼."

"잘 보니 개구리 배로 더 커졌네."

"어허, 우리 아들 안과 가야겠네."

배가 들어갔다고 우기는 것은 아빠가 쉬고 싶다는 신호예요. 그

럴 때는 못 이기는 척하고 쉬어야 해요. 엄마는 아빠가 꾀부리지 않게 잘 감시하라고 했지만요. 석희는 드디어 종일 꾹꾹 참았던 자랑을 할 때가 왔다고 생각했어요.

"아빠, 나 오늘 체육 시간에 줄넘기 오래 하기 1등 했어!"

"우와, 정말?"

"그럼, 정말이지. 지윤이한테 줄넘기 잘하는 법도 가르쳐 줬어!"

"아빠가 우리 석희 가르쳐 줬던 것처럼?"

역시 아빠는 기회를 놓치지 않아요. 자기 자랑을 할 기회 말이에요. 그러나 오늘만큼은 아빠한테 지고 싶지 않았어요.

"아니! 아빠보다 훨씬 더 친절하게 잘 가르쳐 줬지."

석희는 아빠한테 줄넘기를 배웠어요. 물론 처음에는 잘 넘지 못했어요. 하지만 조금만 연습하면 잘 넘을 수 있을 것 같았어요. 그래서 저녁에 아빠와 운동할 때마다 줄넘기를 꼭꼭 챙겨 와서 연습을 했어요.

"그런데 석희가 혼자 연습을 많이 했나 보네? 아빠 기억으로는 우리 석희가 1등을 할 만큼 잘 넘지 못했던 것 같은데."

사실 석희는 태권도 학원에 다녀온 후에도 틈틈이 줄넘기 연습을 했어요. 관장님처럼 2단 뛰어넘기까지 연습해서 아빠를 깜짝 놀라게 해 줄 참이었거든요. 줄넘기가 재미있고, 연습할수록 실력이 쑥쑥 느니까 신이 나서 연습 시간이 자연스레 점점 늘어났어요.

그런데 줄넘기 연습을 할 때면 시간이 얼마나 빨리 가는지 몰라요. 마치 게임을 할 때처럼 말이에요. 시간이 조금밖에 지나지 않은 것 같은데 저녁 먹을 시간이 되곤 했어요. 그러면 얼른 집에 가서 아무 일도 없던 것처럼 아빠를 기다렸어요. 왠지 아빠한테는 열심히 줄넘기 연습을 한다는 것을 비밀로 하고 싶었거든요.

"무슨 소리. 나 원래 좀 잘했어."

석희는 시치미를 뚝 떼며 말했어요.

"그래? 그럼, 우리 아들 줄넘기 실력 좀 볼까?"

아빠는 농구장 바닥에 엉덩이를 대고 털썩 주저앉더니 다리까지 쭉 펴고 석희를 올려다봤어요. 이참에 아주 푹 쉬겠다는 듯 보였어요. 하지만 석희는 모르는 척하기로 했어요.

"아빠, 얼마나 오래 하는지 시간 재 봐."

"오케이! 잠깐만."

휴대전화를 꺼낸 아빠는 스톱워치를 찾아서 보여 줬어요. 막상 아빠 앞에서 하려니까 떨렸어요. 석희는 지윤이한테 줄넘기를 가르치면서 했던 말을 떠올렸어요.

'줄을 너무 빨리 돌리면 발에 쉽게 걸려. 점프를 높게 해야 해. 하지만 처음부터 너무 높이 점프를 하면 오래 하기 힘들어.'

지윤이 생각을 하니 다시 미안해졌어요. 지윤이가 삐쳤으면 어쩌지 하는 걱정도 들었어요.

'내일은 평소보다 일찍 나가서 지윤이를 기다렸다가 학교에 꼭 같이 가야겠다.'

석희는 내일 아침에는 꾸물거리지 말아야겠다고 결심했어요.

"자, 시~작!"

그때였어요.

아빠! 힘내세요, 우리가 있잖아요~.

휴대전화가 울리기 시작했어요. 아빠 휴대전화 벨 소리는 아빠가 제일 좋아하는 노래예요. 아빠는 석희가 이 노래를 불러 주면

힘이 불끈불끈 솟는다고 했어요.

"석희야, 잠깐만! 전화 받고 시작하자."

"응. 난 연습하고 있을게."

1만 시간의 법칙을 아나요?

어떤 분야든 세계 최고의 전문가가 되기 위해서는 적어도 1만 시간 동안 노력해야 한다고 해요. 이게 바로 '1만 시간의 법칙'이랍니다. 1만 시간이란 도대체 얼마만큼의 시간일까요? 하루도 빼놓지 않고, 매일 3시간씩 일주일에 20시간을 꼬박 어떤 일을 위해 노력한다고 했을 때, 자그마치 10년이나 걸리는 시간이에요. 왠지 기가 죽는다고요? 엄두가 안 나서 일찌감치 포기하는 게 낫겠다고요? 여러분은 이미 1만 시간의 법칙을 실현할 수 있는 첫걸음을 뗐을지도 몰라요. 무슨 이야기냐고요?

석희의 예를 들어 볼게요. 석희는 줄넘기 오래 하기에서 1등을 했어요. 그만큼 잘하게 된 건 아빠 몰래 혼자 열심히 연습을 했기 때문이에요. 누가 시켜서 그런 게 아니라 줄넘기가 재미있어서 틈틈이 연습했어요. 연습한 만큼 실력이 느니까 더욱 신 나서 연습하는 시간이 저도 모르게 늘어났고요. 그렇게 열심히 연습을 계속 한다면 곧 관장님처럼 2단 뛰어넘기도 문제없을 거예요.

석희와 성공한 사람들의 이야기는 꼭 닮아 있어요. 자신이 정말 재미있는 일을 발견했고, 그러다 보니 시간 가는 줄 모르고 그 일을 했죠. 지금보다 조금 더 잘하고 싶다는 목표가 있으니까 힘든 줄도 모르고 더 열심히 했어요. 더 잘하기 위해서는 어떻게 하면 좋을까 자꾸 연구하고 노력하게 되고요. 실력이 느니까 그게 또 신이 나서 계속해서 하게 된 거죠. 전문가들처럼 거창한 일이 아니어도 상관없어요. 사소하지만 좋아하는 일들 찾기, 재밌고 좋으니까 즐겁게 노력하기, 더 잘하고 싶다는 목표를 세우기, 노력했더니 실력이 느는 기쁨 맛보기. 줄넘기처럼 작은 일에서부터 차근차근 그런 경험을 익힌다면 더 어려운 일들도 문제없을 거예요.

정리 정돈을 하면 시간을 아낄 수 있어요

여러분도 가끔 준비물을 깜빡할 때가 있나요? 알림장 정리하는 것을 소홀히 하는 바람에 준비물을 적지 못했거나, 평소 물건을 아무데나 두어서 필요할 때 찾지 못해 허둥댄 경험이 한 번쯤 있을 거예요. 누구나 실수할 수는 있지만, 그런 실수를 줄이는 방법이 있답니다. 바로 정리 정돈이에요.

정리 정돈과 시간은 떼려야 뗄 수 없는 관계랍니다. 왜냐고요? 정리 정돈을 잘한다면 준비물을 찾느라 허둥대는 대신 그 시간 동안 느긋하게 아침밥을 먹을 수 있을 거예요. 또 준비물이 없어서 우두커니 다른 친구들이 활동하는 걸 지켜보면서 시간을 흘려보낼 일도 없으니까요.

이처럼 정리 정돈은 쓸데없는 일에 시간을 쓰는 낭비를 줄이고, 꼭 필요한 일에 시간을 쓸 수 있도록 도와준답니다. 평소에 정리 정돈을 잘하는 습관을 들이면 시간을 아낄 수 있지요.

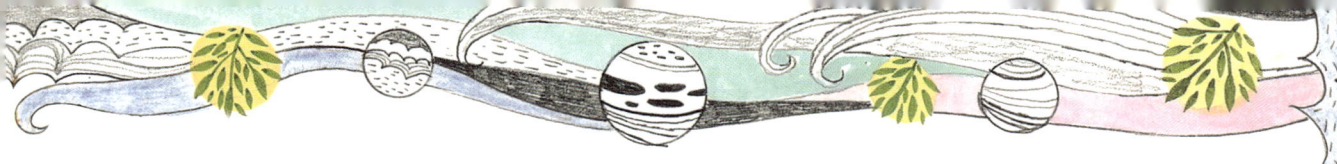

아래는 정리 정돈을 잘하는 방법들이에요. 오늘 하루 제대로 실천을 잘했는지 매일 점검하다 보면 정리 정돈하는 습관을 기를 수 있답니다.

어떻게 하면 정리 정돈을 잘하는 습관을 들일 수 있을까요?

- 미루지 말고 당장 오늘, 지금부터 시작하세요.
- 하루에 10분, 정리 정돈하는 시간을 정해 놓고 꼭 지키세요. '학교 다녀와서 숙제하기 전에 5분, 저녁에 잠들기 전에 5분' 이렇게 나한테 맞게 규칙을 정해도 좋아요.
- 자주 쓰는 물건은 눈에 잘 띄는 곳에 두고, 가끔 쓰는 물건은 이름표를 붙여서 상자에 보관 해요. 전혀 쓰지 않는 물건은 부모님과 상의해서 버리도록 해요.
- 정리 정돈이 잘 되어 있다면 그 상태를 유지하기 위해 시간 날 때마다 노력하세요. 당장 눈에 보이는 물건 하나만 제자리에 놓아도 따로 시간을 내서 청소할 일이 줄어요.

알림장과 책가방 정리하기

- 알림장에는 날짜를 반드시 적고, 칸을 나눠 숙제와 준비물을 각각 적어요. 선생님 말씀을 빼놓지 않고 메모해요.
- 학교에서 돌아오면 알림장부터 확인하도록 해요.
- 그러고 나서 숙제가 있는 과목의 책과 공책을 꺼내 놓고 숙제할 준비를 해요.
- 준비물은 미리 가방에 챙겨 두어요. 내일 공부할 과목의 책도 함께 챙겨요.
- 자기 전에 알림장을 보면서 숙제와 준비물 등을 모두 챙겼는지 확인해요. 등교 하기 전에 다시 한 번 확인해도 좋아요.

내 방 깔끔하게 정리하기

- 외출복을 벗으면 바로 빨래 통에 넣거나 옷장에 걸어요.
- 침대 위에는 책이나 장난감 등을 올려 놓지 않아요.
- 형이나 동생 등 다른 가족의 물건을 빌려 쓴 후에는 제자리에 가져다 두어요.
- 큰 상자를 마련해서 물감, 줄넘기, 스케치북 등 학교 준비물로 가장 많이 쓰이는 물건들만 모아 한꺼번에 보관해도 좋아요. 준비물 챙기는 시간을 줄일 수 있어요.

시간 만들기

석희가 농구장 한 바퀴를 돌면서 줄넘기를 하고 왔는데도 아빠는 아직 통화를 하고 있었어요. 석희를 본 아빠는 통화가 다 끝나 간다고 눈짓으로 말했어요.

"그래, 알았어. 시간을 만들어 볼게."

아빠가 전화를 끊자 석희도 아빠 옆에 털썩 주저앉았어요.

"연습 많이 하고 왔어?"

"연습은 뭐. 평소 실력으로 하는 거지. 그런데 아빠, 누구야?"

"아빠 친구, 지윤이 아빠."

석희는 깜짝 놀랐어요. 도대체 지윤이 아빠가 왜 아빠한테 전화를 했을까요? 혹시 지윤이가 낮에 있었던 일을 아빠한테 이른 건 아닐까요? 내일 아침에 사과하려고 했는데 말이에요. 석희 가슴

이 콩닥콩닥 뛰기 시작했어요. 할머니가 만날 이야기하는 '도둑이 제 발 저리다'라는 말이 이런 건가 봐요. 아빠한테 물어볼까 말까 망설이는데 아빠가 먼저 물었어요.

"석희야, 우리 캠핑 갈까?"

이건 또 무슨 말일까요?

"지윤이 아빠가 이번 주말에 같이 캠핑 가자고 하는데, 어때?"

그럼 그렇지, 역시 지윤이에요. 그런 일을 아빠한테 이를 친구가 아니에요.

석희는 잠깐이라도 지윤이를 믿지 못한 것이 미안했어요. 오늘은 이상하게 지윤이한테 미안한 짓만 자꾸자꾸 하는 것 같아요. 앞으로는 지윤이한테 더 잘해 줘야겠다는 생각이 들었어요.

"어떻긴 좋지."

"석희가 좋다고 하니 아빠가 시간을 만들어 봐야겠네."

"아빠, 뭘 만든다고?"

"시간."

"시간을 아빠가 어떻게 만들어?"

빵도 아니고 장난감도 아닌데 도대체 아빠는 시간을 어떻게 만들겠다고 하는 걸까요? 석희는 전부터 궁금했어요. 아빠가 평소에 자주 쓰는 말인데 물어볼 기회가 없었어요.

"아, 아빠가 시간을 만든다고 한 건 아빠 일을 조정하겠다는 말이야."

"조정?"

"캠핑을 가려면 주말에 아빠가 하려고 했던 일을 금요일까지는 전부 끝마쳐야겠지? 캠핑 가서 일을 할 수는 없으니까."

"그건 그렇지."

석희는 그래도 잘 모르겠다는 표정을 지었어요.

"자, 석희는 숙제를 먼저 하고 노니, 아니면 일단 놀고 나서 숙제를 하니?"

"당연히 숙제를 먼저 하고 놀지."

"왜?"

"숙제를 다 하고 놀면 마음이 편하니까. 그리고 실컷 놀고 나서 숙제를 하려면 피곤하잖아. 또 가끔 시간이 오래 걸리는 숙제도 있는데, 그러면 밤늦게까지 해야 하잖아."

"그래, 그게 바로 시간을 만드는 거야. 먼저 해야 할 일과 나중에 해도 상관없는 일을 가늠하고, 시간이 많이 필요한 일과 시간이 모자라면 하지 않아도 괜찮은 일을 나눠서 중요하고 꼭 필요한 일부터 하는 거지. 엄마가 만날 석희한테 자기 전에 알림장 확인하고 준비물 챙기라고 하지?"

"응, 하루도 안 빼놓고 알림장 챙기라는 잔소리해."

"그것도 시간을 만드는 일이야. 석희가 자기 전에 준비물을 잘 챙겨 두면, 다음 날 아침 시간을 만드는 거야. 준비물 찾는 데 시간을 안 써도 되니까 그 시간에 다른 일을 할 수 있겠지?"

아빠 얘기를 듣고 있자니 오늘 아침에 가방 싸느라고 허둥지둥댔던 것이 떠올랐어요.

"또 항상 정리를 잘하는 것도 시간을 만드는 거야. 왜냐하면 찾느라고 버리는 시간을 줄여 주니까."

아니, 이럴 수가! 아빠는 회사에서도 집에서 일어나는 일을 훤

히 보고 있는 걸까요? 아빠는 석희가 색종이 찾느라 쩔쩔맸던 것도 아는 것 같았어요. 그렇다면 절대 아무한테도 말하지 않겠다고 다짐했던 일도 알고 있을까요? 줄넘기가 실내화 주머니에 있는 줄 모르고 집에 도로 갔던 일 말이에요.

'맞아. 줄넘기를 자기 전에 잘 챙겨 두었더라면 오늘 아침에 왔다 갔다 하느라 시간을 낭비하지 않았을 텐데……'

석희는 비밀을 들킨 것 같아 얼굴이 화끈거렸어요.

"아빠, 그러니까 엄마 말대로 알림장 보고 자기 전에 가방 잘 챙기라는 말이지? 그리고 정리 정돈도 잘하고 말이야."

"그렇지! 그렇게 하면 그냥 흘려보내는 시간을 줄여서 중요한 일에 시간을 더 들일 수 있고, 좀 더 새롭고 다양한 것을 할 수도 있는 거야."

"아빠, 시간이 흐른다고? 강물처럼?"

"응, 흔히 그렇게들 말해. 시간은 강물처럼 쉬지 않고 흘러. 하지만 강물은 가두거나 멈추게 할 수 있지? 댐을 짓거나 저수지를 만들기도 하니까. 그런데 시간은 그 누구도 절대 멈추게 할 수 없어. 또 강물처럼 모을 수도 없어. 무엇보다 흘러간 시간은 돌이킬 수 없지."

그러니까요. 타임머신이 없으니 영화처럼 어제로 돌아갈 수 없잖아요. 어제가 다 뭐예요. 1분 전, 1초 전으로도 돌아갈 수 없는 걸요. 또 시간이 멈추면 좋겠다고 할 때도 있지만 그건 그저 바람일 뿐이에요. 그럴 땐 되레 시간이 더 빨리 흐르는 것 같거든요. 석희는 특히 게임을 할 때 그런 느낌이 많이 들어요.

"석희야, 그래서 하루하루 주어진 시간을 아끼고 소중하게 사용해야 하는 거야."

할머니가 만날 전기를 아껴야 한다, 물을 아껴야 한다고 하는데, 시간을 아낀다는 것도 왠지 그것과 다르지 않을 것 같다는 생각이 들었어요.

"자, 그럼 이제 우리 아들 줄넘기 실력 좀 볼까?"

"아빠 아마 깜짝 놀랄걸?"

"하하, 녀석. 자, 시작!"

아빠의 신호를 듣고 석희는 줄넘기를 시작했어요. 체육 시간 때보다 점프도 잘되고, 줄도 훨씬 부드럽게 돌아가는 것 같았어요. 또 캠핑장에서 지윤이와 함께 뛰어놀 생각에 웃음이 절로 나왔어요. 하하하! 석희 웃음소리가 윙윙 줄넘기 돌아가는 소리를 타고 춤을 추었어요.

중요한 일을 먼저 해야 하는 이유

'시간을 채운다, 시간을 낸다, 시간을 만든다, 시간을 쪼갠다' 등등 시간에 대해서 어른들은 매우 다양한 표현을 합니다. 세상 어떤 일이든 그 일을 하는 데는 바로 시간이 걸리기 때문이지요. 그래서 시간을 잘 관리하면 24시간을 알차게 쓸 수 있답니다. 시간 관리를 잘하는 방법에는 여러 가지가 있지만 그중에서 가장 중요하게 손꼽히는 것이 있어요. 우선 중요한 일과 덜 중요한 일을 나누고, 가장 중요한 일부터 하는 거지요. 다음 이야기를 잘 읽어 보면 왜 그런지 이해할 수 있을 거예요.

어느 날 선생님이 수업 시간에 커다란 항아리를 교탁 위에 올려놓았어요. 속이 훤하게 보이는 유리 항아리였지요. 이내 선생님은 허리를 숙이더니 교탁 아래에서 커다란 상자 하나를 들어 올려 유리 항아리 옆에 나란히 놓았어요.

선생님은 상자에서 주먹 크기의 돌멩이 서너 개를 꺼냈어요. 그러고는 항아리에 넣었어요.

"여러분, 항아리가 가득 찼나요?"

"네!"

"정말 그럴까요?"

선생님은 미소를 살짝 짓더니 이번에는 상자에서 돌멩이보다 작은 자갈들을 꺼내 항아리에 넣기 시작했어요. 그러고 나서 항아리를 흔들었어요. 작은 자갈들이 돌멩이 사이사이로 들어갔지요. 선생님은 다시 물었어요.

"여러분, 항아리가 가득 찼나요?"

이번에는 학생들이 "네!" 하고 대답하지 않았어요. 뭐라고 대답해야 할까 고민하는 것 같았어요.

선생님은 다시 상자에 손을 넣더니, 모래주머니를 꺼냈어요. 그러고는 모래를 항아리에 부었지요. 그러자 모래가 돌멩이와 자갈의 틈 속으로 파고들었어요.

"여러분, 항아리가 가득 찼나요?"

이번에는 학생들 모두 한 목소리로 대답했어요.

"아니요!"

그러자 선생님은 주전자를 가져와 항아리에 물을 부었어요.

물은 돌멩이, 자갈, 모래 사이, 아주 작은 틈까지 꽉 들어찼답니다.

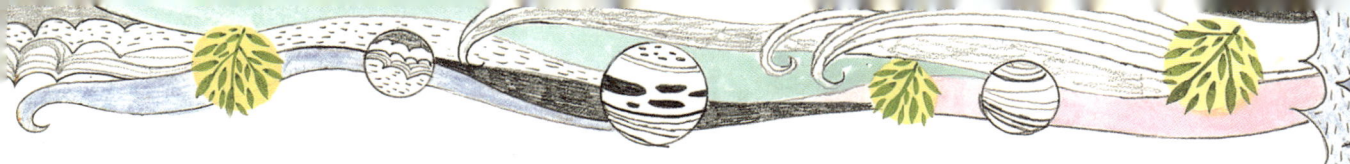

이야기의 마지막에는 정말로 빈틈없이 항아리가 가득 찼지요? 그런데 만약 물, 모래, 자갈, 돌멩이 순서로 항아리를 채운다면 어떻게 될까요? 아마 돌멩이는 결코 넣지 못할 거예요. 왜냐하면 돌멩이를 넣기도 전에 항아리에서 물이 흘러넘칠 테니까요. '돌멩이, 자갈, 모래, 물'이 중요한 일의 순서라고 생각해 보세요. '항아리'는 우리 모두에게 똑같이 주어진 24시간이고요. 이제 왜 중요한 일을 먼저 하는 것이 시간을 잘 관리하는 것인지 알 것 같나요? 그렇다면, 여러분에게 중요한 일, 우선 해야 할 일은 어떤 것이 있나요? 하루를 돌아보면서 먼저 해야 할 일과 나중에 해도 되는 일들을 한번 나눠 보세요.

가장 중요한 일

중요한 일

덜 중요한 일